句集

乾坤

KENKON
Kawamura Boshu

川村暮秋

東京四季出版

乾坤❖目次

装幀　髙林昭太

句集　乾坤

けんこん

初明り

平成九年

妻起きる気配に目覚む初明り

ハワイ　二句

短日の楽園に見るフラダンス

サブマリン行く海中の恵方とも
ロボットをあやつる仕事始かな

冬牡丹園　二句

朱の鳥居くぐりて冬の牡丹園

花びらの淡きが佳けれ冬牡丹

熱海梅林　三句

人の憂さ世の憂さに触れ梅ひらく

ひとりにはまぶしきほどの梅日和

花びらの淡き紅いろ枝垂梅
如月の戻りなき世の喪の徽章

余生とは行きつくところ朧月

蓮如忌の雪残りたる夜半の道

虚子の忌の人の心に残るもの

春落葉集めし妻のヘルメット

初蝶の笛に浮きたつ地鎮祭

初花を巫女がもてなす能舞台

さりげなき妻の仕草や暑気払ひ

台風の近づく夏至の空湿る

端渓の硯持ち出す夏座敷

サングラス似合ふ娘と乗るモノレール

高きより妻の声して今朝の秋

新涼の手話美しき指をもつ

信心の深き一族菊の花

菊花展　三句

爽やかに出会ひし今日の菊薫る

子に父の受け継がれたる菊造り

恙なく菊人形師老いにけり

雪吊の雪待つ縄の匂ひたつ

美しき人の蛇の目の細雪

日を綴る文机あり十二月

粧ひし庭に雪見の障子かな

年用意妻の繰り言紛れたる
芳醇の広がりに座す大晦日

句碑除幕

平成十年

除雪車の音に目覚むる初明り

元朝の紫紺をひらく竹硯

水引の割箸添へて雑煮膳

地吹雪に父の記憶の道尽きし

流氷の風まぎれなしオホーツク

涅槃図に一燭点る仏の間

仁和寺の桜　二句

出会ひたる伽藍仁和寺遅桜

光琳の好みし茶席春の夢

薪能闇の匂ひを正しけり

信心の妻の一日寒の水

斑雪検診終へし疲れかな

蓮如忌やあまたの教へ身に深し

世事うとくなりし朧の病舎かな

勇壮に鳴子のリズム夏祭

たはぶれの色したたかに青蛙

教会の黒人霊歌薄暑光

一村の夏至に至りて煌めける

硯箱開く万葉夏至の夜

睡蓮に風の行方を見失ふ

筋書のなき日の目覚め青嵐

父の日の娘の一言を果報とす

雪華創立二十周年句碑除幕　四句

新緑の染みる除幕を祝ひけり

睡蓮の池を近づけ句碑の建つ

除幕碑の川の形に夏来たる

えにし濃き句碑に触るれば緑雨来る

余生なほ通す筋目や夏の果

向日葵に日の静寂を知らさるる
しばらくは沙羅の花散る涅槃かな

清貧のすこしはなやぐ茄子の花

潮騒の音を聞き分け昆布干す

分校に誇るものなし茄子の花

人の世に重ねる翳り野分雲

鷗亭の筆跡あらた終戦日

菊月や職ひとすぢに暇《いとま》なし

母の忌に開く朝顔母の色

朝顔の大輪雨に咲ききれず

墨の香を纏ひ立待月仰ぐ

生涯の道草もよし星月夜

日と月と音なくありて子規忌かな

佳き使者を引き受けし日の松手入

長男結婚式ハワイにて　五句

南国の十一月の婚のうた

花嫁の父の歩幅や蘭香る

珊瑚樹の実の輝きに誓ひたる
オリーブの実のたをやかに新夫婦

盞《うき》あげるよろこびの宵蘭の花

結婚披露宴　二句

喝采の音に色濃き冬薔薇

冬薔薇佳き日の卓にあふれしむ

隠遁の男ありけり山眠る

聳え立つ別荘といふ冬館

追伸のごとき余白の日記買ふ

満ち足りし仕事納めの雪を掻く

琥珀

平成十一年

元朝の白きピエロの機嫌かな

若水やあしたの夢のひとしづく

伊勢海老に三重のよき酒とり出せる
雑炊やなべて我が家の棲みごこち

句碑を訪ふ雪の境内間近なる

初点前李朝の茶碗持ち出せる

存分に仕事始の水あふれ

筆洗ふ水ほとばしる寒四郎

ラスベガス　五句

浅春の眠らぬ街やラスベガス

ポーカーに不況を疎みゐる二月

無造作に並べるビルの冴え返る
渓谷《キャニオン》の春落日の赤き岩

億年の大地の亀裂風光る

落日の重みに染まる涅槃西風

一系の生きざま見据ゑ内裏雛

吉崎は祖父母の地にて蓮如の忌

蓮如忌に雪ふるさだめ今もなほ

残されし言葉漲る菜の花忌

流氷の眼下に浮かぶ国境

刀匠の鞴《ふいご》の火勢水温む

美しき嘘の失せたる四月馬鹿

梅まつり　四句

晋平の童謡流る梅日和

梅園の匂ひに染まる弥生晴

梅の花瀧の中よりあふれしむ

梅まつり集ふ女人のかしましき

鰊群来夢を残せる海の色

松山俳句王国出演　三句

花の夜に句の縁もて集ひたる

本番を終へて一刻春惜しむ

玄海の瀬戸の吊橋濃陽炎

畦塗りのおぼつかなくて農を継ぐ

蓬摘む妻に雨傘さしかくる

虚子忌とて由来の墨をとりだしぬ

中国　六句

始皇帝残照の地の夏めける

燦爛の北京の夕日花槐

身ほとりに紫禁城あり夏始

花石榴西太后の夢のあと

長城の登攀証を手の薄暑

楊貴妃を恋ふリラ冷えの風のいろ

天上に琥珀をとどめ油照り

かぼそくもまぎれなき火の蛍の夜

夢紡ぐ雪吊の鉾空にあり

一茶忌の老いの手仕事草履あみ

賜ひし世紀

平成十二年

初春の夢のひろごる雪舞台

文机雪のあかりの初日記

あらたまの至宝に触るる初硯

初旅の日付変更線通過

ポリネシア　三句

正月の入墨うすれマオリ族

冬ざれのトンガ王国戦士どち

短日のタヒチに憩ふフラダンス

旅に立つ妻春分の日の祈り

侘助や雪の軋みの鎮まらず

流氷の音に星座の青みゆく

技の道は確かなる道卒業す

火の山に合掌をして畦塗れる

自づから落花狼藉風の渦

淡路花博　四句

春の海光り淡路の夢紀行

春光の明石海峡島の径

のどかさの花の浄土に紛れけり

風光る視線あつめてラフレシア

＊ラフレシア＝世界最大の花

結石の五臓六腑に籠る夏

伝統の技に目覚むる夏の旅

薫風や漆喰重き武家屋敷

暗闇に動くロボット夜業棟

朝顔の実となり一揆紛れこむ

老い兆す金属疲労暮の秋

瓢簞に派閥ぶら下げ身を任す

技の道を讃ふる沙汰や一位の実

初雪もまた称へらる菊の宴

神迎ふ横笛禰宜の傍らに

花暦厚き十年日記買ふ

二人膳

平成十三年

初明り身ほとりにある新世紀

屠蘇の盞《うき》木地師の父を語りつつ

七種や昼月を得し二人膳

注連飾りくぐりて浸る檜風呂

舞殿にながるる紫煙どんどの火

侘助の崩るるときに装へり

風花や右脳に生きる夜の静寂

ひとときの探梅行に身を置ける

菰に雪残る風情の冬牡丹

千両に万両そろふ花の寺

大寒の推敲の芯尽きるまで

地吹雪の阿修羅を誘ふことあるや

白魚を汲むそれよりの雪明り

流氷　五句

流氷に能取岬の星の鳴く

氷塊の縞に輝きゐる岬

流氷や海の吐息の舟だまり

流氷の岬にひとり番屋守

流氷の襲来海を埋めつくす

近道のなき技の道や新社員
ゆくりなく和上に触るる黄砂かな

花人の妻の押し葉のまたふゆる

武家屋敷この世の枝垂桜かな

ゆくりなく来世に触るる薪能

真直なる風の弓引く薄暑かな

イタリア　六句

尖塔に聖母マリアの夏衣

風薫る水のベネチアまのあたり

炎昼にパントマイムの男立つ
サンマルコ広場のカフェ西日さす

サングラス淡きローマの石畳

再来のトレビの泉妻と立つ

風の盆　四句

胡弓の音夢幻に踊る風の盆

星とんで月の兎も風の盆

まよひ坂月も顔出す風の盆

合掌を返す指先風の盆

ロボットの闇を動かす夜業かな

筆始

平成十四年

年迎ふ深雪に気骨際立たせ

若水の雪明りして零れつぐ

師を偲ぶ法華経綴る筆始

如月の霊峰富士の没日かな

霊峰を望める甲斐の梅日和

早春の肌をあらはに富士近し

あららぎの雪払ひたる涅槃西風

晩学の夜明けとなりし弥生かな

南洲の筆跡春の日に躍る

韓国　四句

東の間の李朝の国の初桜

春宵の青磁白磁の艶めける

韓江をよぎれる宵の水の春

連翹やまぬがれ難き日の記憶

花影の父のふるさと能登の海

黄砂来るシルクロードの色持ちて

槌音に八十八夜風立てる

現し世の花の精霊能舞台

子供の日床に兜があればよし

鈴蘭に工人集ひゐる昼餉

心太押し出す果てに海のあり

薪能前世を照らしゐる炎

七十路の間近悔いなし松の花

古稀迎ふ日の粧ひの更衣

木洩れ日の影の底ひに鮎落つる

ひといろに慎ましくみな藍浴衣

朝顔や家督をつぎし鉋屑

新涼や城に手斧の粱匂ふ

月光の透く晩学の文机

ぬばたまの闇の桟敷にねぶた待つ

花の種集めて妻の秋惜しむ

文鎮の重さ掌にあり雪月夜

風鎮の達磨の謂れ冬座敷

向ひ合ふオペの画像や十二月

白妙の風

平成十五年

初空や雪のさだめに逆らはず

標を雪に馴染ませ山始

寒蘭の白妙の風とらへけり

グアム　五句

初旅のグアムの海に身を休む

新年の盛装いとしチャモロの娘
謎秘むるマリア聖堂淑気満つ

小寒や椰子の葉そよぐ珊瑚礁

人日のミクロネシアの夕日かな

寒明けの雪祓はるる地の祭事

白鳥の一塊として浮きゐたる

奏楽の気配に覚むる雛の夜

あらたまのいのちいとほし蓮如の忌

回廊のしきりに軋む彼岸寺

妻の書く介護の日誌雪の果

薪能以心伝心闇動く

片栗の触覚風に目覚めけり

墨打ちの滲む八十八夜かな

花柄のきりりと妻の藍浴衣

文机に影の縞なす軒簾

萩の風知り尽くしたる躙口

縄文の色に染みたる稲穂かな

錦繍の並木を映す十三夜

松陰の塾舎八畳秋の声

萩・津和野　四句

津和野路の紙漉人や里の秋

晩秋の鷗外旧居ほの暗し

鷺舞の碑にふりかかる紅葉かな

生涯の技惜しみなし松手入

転生の句仏の軸や雪安居

華麗なる氷上の舞蝶となる

篆刻の朱を際立てる十二月

年木樵仏に供ふ松と葉と

鷹の舞ふ在所に人を憶ふかな

干支の春

平成十六年

あらたまの雪に夢追ふ輪廻とも
元日の網代に浮かぶ雪の影

元朝の雪吊の鉾威をなせる

三猿の気負ひなかりし干支の春

屠蘇の香や金の漂ふ初絞り

晩年の夢の滴る初硯

寒林を抜けて馬橇の鈴の音

大寒の深むまなざし雪の襞

地吹雪に盲導犬の胴震ひ

講義終へ殊に寒九の水旨し

携帯の流氷画像持ち歩く

転調の律を捉へて春立ちぬ

生涯を雪と生き来て豆撒ける

放埒に黄砂積みたる雪掬ふ

達人の沙汰にかがやく小春かな

推敲のしじまに更けて春の旅

春蘭の迷ひ持たざる色に酔ふ

初蝶の風に華やぐよき知らせ

夜桜の幟はためく雨の坂

介護する妻の無口の半夏雨

羅や母には母の躾あり

ゴンドラの影移りゆく山開き

所得し寿陵の主は雨蛙

炎昼のピカソの女見失ふ

縄文の稲ある里の蛍かな

熊野古道　二句

父の忌の熊野詣の虫時雨

逝く秋の宇陀の古刹の詣で道
うべなへぬ清貧の影一葉忌

昼月の淡き冬至のたたずまひ

煤払天井高き家に住む

黎明の雪見障子を開け放つ

梟の日の傾けば羽音たつ

乾坤

平成十七年

初春の異国の叙事詩娘のメール

細心の妻の雑煮の漆椀

寒月の金波銀波の雪舞台

なごり雪諸手に受ける仏生会

邂逅の人の影置く涅槃雪

スペイン　五句

スペインの白き町並鳥雲に

ジプシーの女のひそむ路地薄暑

ガウディの恋ふるてふてふ尖塔に

蚤の市アンダルシアの五月の日

ラマンチャの陽気な男春の宵

鉄舟の無我の筆勢夏座敷

千筋の蜘蛛の糸舞ふ能舞台

朝顔の双葉に妻の思ひ事
朝顔の実となる蔓の乱れかな

語り部の阿吽八月十五日

十六夜の月のほのぼの子規忌かな

錦秋の祖谷の吊橋渦まける

車椅子どの道ゆくも雪蛍

雪片の舞ふ閑かさの能舞台

人の世のさびしきうしろ雪女郎

冬ざれや海底駅の句碑画廊

推敲の余韻に憩ふ葛湯かな

乾坤の玻璃に映れる寒気団

糟糠の妻の手順や年用意

億年

平成十八年

玲瓏と雪の浄土の年明くる

大寒や娘は常夏の国に立つ

身ほとりに未知の光芒寒の月

翁面天寿の笑みの春立ちぬ

流氷の白き氾濫見る機窓

愛の日の五輪トリノの娘のメール

眉月の燭従へて雛の夜

さながらに現世の起伏蟻地獄

億年の地の胎動や山開き

平穏に昼寝のできぬ妻であり

心音を鎮めて耐へてゐる大暑

萩の寺そよぎのなかの静寂かな

松手入高きに妻のまぎれをり

空海の曼陀羅流転秋の天

無双なる所作の一芸敬老日

懸崖の菊に触れゐる車椅子

霜月の水琴窟に癒さるる

鷹群れて雪深き村父祖の墓

序列なき子供教室雪の華

塀を越す麒麟の縞にある寒さ

つれづれにモーツアルトや寒昴

頻りなる風の目潰し雪無尽

雪に病み雪に癒さる日となりぬ

凍《しば》るるや厩舎の軒の低きまま

曼陀羅の彼方にまぎれ冬の星

短日に鶴折る妻や嬰の病める

娘のメール絵文字で綴る聖夜かな

ついと来て島梟の雪に立つ

風花や綾に紡ぎし人の逝く

年木樵雪に合掌したまへり

第九終へ星の出揃ふ冬の天

風鎮の象牙師走に漂へる

十年の日記の余白いとほしむ

存念の起伏いくたび年守る

運慶

平成十九年

元日や李朝の香炉置きてみし

若水を酌むや琥珀の雪明り

一酌の屠蘇に寿ぐ生命かな

もてなしの年の始めの妻は古稀

石垣に雪の曼陀羅初詣

澱みなき老老介護寒の水

風花や紛れてとどく訃の知らせ

みちのくの縄文土偶山笑ふ

春思とて地震の能登は父の里

虚子の忌の残照に座す文机

卒業の列におさまる車椅子

金星のひかりをとどめ鑑真忌

高千穂　二句

高千穂の神のふところ苗代田

天降る神の聖地の陽炎へる

春暁の庭に妻立つ気配あり

啄木忌格差社会を生き抜くや

俳諧の古きノートや桜桃忌

神宿る峰に雪形山開き

古伊万里を茶房に賞づる半夏生

母の忌や皆既月食待つこころ

炎暑来て反りを強めるダリの髪

錦秋の偽りのなき彩に酔ふ

鐘楼に輪廻の迷ひ原爆忌

松手入せし妻の背の匂ひけり

跋にかえて――俳誌「雪華」「余言」より

深谷雄大

如月の戻りなき世の喪の徽章

「如月の戻りなき世」と言われてみると、たしかに一年のうちで一番その感の深い月のように思われてくる。
作者にとっては、ゆかりの深い人の死であったのだろう。「喪の徽章」に深い悲しみがこめられている。

たはぶれの色したたかに青蛙

「たはぶれの色」とは、芥川龍之介の〈青蛙己もペンキ塗りたてか〉の句を踏まえてのものであろう。芥川作は、駅か公園で、「ペンキ塗りたて」と書かれた、使用禁止のベンチの傍らにいた青蛙に声をかけたのを言ったものであろう。大正三年作だが、当時、特異な句風の作として世評を湧かせた。代表作としては賛否ともどもだが、その印象は、いまも鮮明で、作者も影響を受けたのだろう。

美しき嘘の失せたる四月馬鹿

四月馬鹿と言いながら、この嘘は、作者にとって一篇の詩の成就を願うようなものだったのではないだろうか。ひそやかな、つぐないにも似た嘘は、失せたるがゆえに美しい、と言えるのである。

七種や昼月を得し二人膳

正月七日の人日に、七種の葉を入れた粥を食して祝う風習は、全国的に普及している。いわれはつまびらかでないが、豊年の予祝いであり、健康を願ってのものであることにまちがいないであろう。子育てもとうに終って、夫婦二人だけになり、いまは毎日、健康であれば、それ以上望むことはない、とこの句は言っているかのようだ。静かに昼月を仰ぐたたずまいは一幅の絵のように見える。

萩の風知り尽くしたる躙口

茶室の客の為の躙口は、高さ二尺二寸内外、幅二尺ほどで、多く南に位置し、千利休の発案といわれる。一般に小さな入口から入ることによって、狭い茶室を広く感じさせる効果があるといわれるが、それだけでなく、もっと多くの仕組みがあったのであろう。

あとがき

『乾坤』は『花冠』『夢の振り子』に次ぐ第三句集となる。本書には、平成九年より平成十九年までの十一年間の作品のうち三六七句を収めた。

書名とした「乾坤」は、天地、陰陽を表す言葉で、集中の、

乾坤の玻璃に映れる寒気団

から採った。生地の旭川の地名は市内を流れる「忠別川」から発したといわれている。アイヌ語で「チュプペツ」（日・川）となり、意訳されて「旭川」という地名が生まれた。気温は、内陸特有の気候で年間の気温差が大きい。一九〇二年（明治三十五年）には、日本の気象寒暑での観測史上最低気温となるマイナス四十一度を記録するなど、旭川は日本屈指の寒い都市であるとして知られているが、昨今の旭川の冬の気候はそれほど厳しくなく四季の変化に富んだ過ごしやすい都市である。俳句を詠むには最良である。

「雪華」は、昭和五十三年、古伝にいう太陽の地・旭川（日の川）に生まれた。

私は、創刊同人として迎えられ、三十七年間、「雪華」とともに歩んできた。常に深谷雄大主宰のもと「平生を凝視し、述志の詩・生存の詩としての漂泊」を実践してきた。

思えば、職業柄多忙ななかにあって、ここまで続けてこられたのも素晴らしい指導者に恵まれ、多くの句友に巡り合えたからである。また妻とは、今年エメラルド婚式を迎えるが、私のわがままを許してくれ、俳句に理解と協力を惜しまなかったことに感謝している。

「人生はいかに生くべきか」は人類に課せられた永遠のテーマであるが、俳句は私にとって「生きがい」として続けてこられたと思っている。

この句集を上梓するにあたり、深谷雄大主宰には、ご多忙のなか、選句・校正などご指導を賜り深く感謝いたします。また、ご尽力をいただいた東京四季出版の西井洋子様と書籍部の北野太一様に心から深謝いたします。

平成二十七年七月

川村暮秋

著者略歴

川村暮秋（かわむら・ぼしゅう）

昭和7年　北海道旭川生まれ
昭和47年　「雪華」の前身である秋の会に参加
昭和53年　「雪華」創刊に参画　同人
現代俳句協会会員　北海道俳句協会会員
北北海道現代俳句協会顧問
平成2年　『花冠』刊行
平成12年　『夢の振り子』刊行
第22回雪華俳句賞受賞
平成13年　第2回北北海道現代俳句協会賞受賞

現住所　〒078-8237　北海道旭川市豊岡7条4丁目2-10

俳句四季創刊30周年記念出版・篁シリーズ54

句集　乾坤《けんこん》

発行　平成二十七年七月十八日
著者　川村暮秋

発行人　西井洋子
発行所　株式会社東京四季出版
〒189-0013　東京都東村山市栄町二―二二―二八
電話　〇四二―三九九―二一八〇
振替　〇〇一九〇―三―九三八三五
印刷　株式会社シナノ
定価　本体二七〇〇円＋税

ISBN978-4-8129-0817-4